TRADITIONS
ORIENTALES,
OU
LA MORALE
DE SADI,
CELÉBRE POETE PERSAN.

Extraite & recueillie de différentes Hiſtoires & bons mots du même Auteur.

A SCHIRAS.

Et ſe trouve à PARIS.

Chez CAILLEAU, Libraire, rue Saint Jacques, au-deſſus de la rue des Noyers, à l'image Saint André.

M DCC LXII.

AVERTISSEMENT

HISTORIQUE

SUR CET OUVRAGE.

Contenant la vie de Sadi.

SCHEIK *Mofféhédin Saadi Alfchirdazi*, comme l'appellent les Arabes, ou le Docteur Sadi, de Schiras, (1) eft regardé dans tout l'Orient comme un très-grand Poëte & comme un Sage illuftre. Ces

---

(1) Capitale de la Province de Perfe proprement dite. Les Perfans difent que les autres Villes du Monde ne font que des Villages en comparaifon de Schiras.

A ij

deux titres rarement réunis
parmi nous, s'accordent très-
bien chez les Orientaux. Leur
Poësie n'est le plus souvent
que de la morale embellie, &
leurs vers sont pleins de pré-
ceptes & de proverbes, sur-
tout ceux de Sadi. Il naquit
l'an de l'Egire 571, ce qui
revient à peu près à l'an 1193
de l'Ere Chrétienne. Il quitta
sa Patrie que les Turcs déso-
loient, & voyagea pendant
quarante ans. Il fut fait pri-
sonnier par les François de
Tripoli, & obligé de travailler aux retranchemens & de

fouiller la terre. Il eſt aſſez remarquable qu’en nous rendant compte lui-même de ſa captivité, il ne lui échappe pas la moindre injure contre les Chréti ens. C’eſt une aſſez grande preuve de la modération qui faiſoit ſon caractere. Il fut racheté par un Marchand d’Alep, dont il épouſa la fille. Ayant rencontré à Baydal un Philoſophe fameux nommé Schehaberdin , qu’il appelle ſon Maître , il s’allia étroitement avec lui. Il vécut dans la plus grande retraite , & compoſa enfin ſon *Guliſ-*

tan, ou *Jardin de Roses*, l'an 656 de l'Egire. Il le dédia au Roi de Perse Abubécre Modafeddin, de la Dinastie des Arabes; ce Prince l'avoit comblé de bienfaits. On a de lui un autre Ouvrage, intitulé le *Bostan* ou *Jardin de Fruits*, & le *Molamant* ou *les Rayons*. Ces deux livres ne sont point traduits. Nous avons une traduction Latine du *Gulistan*, composée par un Allemand nommé *Gentius*, vers l'an après cette guerre fameuse qui déchira l'Allemagne, & qu'on nomma la guerre de trente ans. Cette traduction regardée comme très-exacte, est dédiée au Duc de Saxe, Landgrave de Thuringe. L'Epître dédicatoire est assez singuliere, pour mériter qu'on en rapporte ici quelques Phrases, qui serviront à faire connoître le style du temps. Elle est écrite en Latin : » Des mal-» heurs imprévus, dit l'Au-» teur, m'ayant conduit en » Orient, je me trouvai dans « ce Jardin de Roses, dont les » délices adoucirent mes pei-» nes, & me consolerent des » maux de ma Patrie. Mais

» en me promenant au milieu
» de ces Roses, si elles étoient
» pour moi comme l'éclat du
» Soleil, j'étois pour elles
» comme l'obscurité de la ter-
» re : c'étoit une piece de cui-
» vre, tombée dans un vase
» d'or..... C'est à vous très-
» auguste Prince, à prendre
» possession de ce Jardin char-
» mant, c'est à vous à orner les
» Roses qui ne peuvent vous
» orner. Daignez les recevoir
» dans le sein de votre clé-
» mence, & recevez celui
» qui vous les offre, comme
» une humble plante qui croî-

» tra sous l'ombre de votre
» bienveillance, & cette om-
» bre sera pour moi comme
» la lumiere, & vous ne re-
» fuserez pas l'ombre, puis-
» que vous accordez la lu-
» miere à tant d'autres; & ce
» faisant, puisse le Ciel, &c.

Toute l'Epître, qui est longue, est dans ce goût. Si l'Auteur croyoit imiter celui de
Sadi, assurément il se trom-
poit.

Le Gulistan est un Recueil
d'Histoires & de Traditions,
dont chacune a sa morale,
écrit moitié en vers, moitié en

prose. Le style est tantôt d'une simplicité intéressante, & tantôt riche en images. L'Ouvrage est partagé en huit Chapitres, que l'Auteur appelle les huit Portes du Paradis terrestres. Ils font intitulés, le premier : *Des Mœurs des Rois.* Le second, *Des Mœurs des Religieux.* Le troisieme, *De la Continence.* Le quatrieme, *Des Avantages du Silence.* Le cinquieme, *De la Jeuneffe & de l'Amour.* Le sixieme, *De la Foibleffe & de la Vieilleffe.* Le septieme, *Des Mœurs & de la Difcipline.* Le huitieme , *Des vertus néceſſaires dans la Societé.* A l'exception des deux premiers, le titre de ces Chapitres n'a le plus ſouvent qu'un rapport très-éloigné avec ce qu'ils renferment , & quoique l'Ouvrage ſoit très-eſtimable en général, s'il étoit traduit en François d'un bout à l'autre , on n'en pourroit pas lire dix pages. En voici les raiſons:

1°. Pluſieurs des Hiſtoires qu'il contient ſe reſſemblent abſolument , pluſieurs n'ont rien de remarquable.

2°. La maniere de narrer

ordinaire à l'Auteur Perſan
eſt tout à fait contraire à la
vivacité Françoiſe, & aux
regles de notre narration, qui
ne ſçauroit être trop rapide.
La ſienne eſt coupée à tout
moment par des Proverbes,
en vers, qui ont rapport à
chaque circonſtance du fait,
& dont la plûpart n'ont d'autres mérites que de contenir
des vérités, ce qui ſuffit pour
les Orientaux, gens graves &
réfléchis, mais non pas pour
nous, qui aimons mieux une
fixion agréable, qu'une vérité froide & vulgaire; & il

faut convenir que si *rien n'est
beau que le vrai*, tout ce qui
est vrai n'est pas beau.

3°. On rencontre de temps
en temps de longues digres-
sions, où le Lecteur se trouve perdu, & qui sont aussi
vagues qu'ennuyantes ; par
exemple, celle où Sadi ra-
conte en vingt pages à peu
près, une contestation qu'il
eut avec un pauvre, sur le
sort des riches, où tous les
deux s'échauffent au point,
qu'ils se prennent au collet
& se déchirent la barbe ; ce
qui n'est pas trop beau pour

un Sage, ni même pour un Poëte.

Il n'eſt pas poſſible qu'un pareil Ouvrage puiſſe nous plaire dans ſa totalité ; mais il eſt parſemé de ſi beaux morceaux, il reſpire une morale ſi pure & ſi touchante, il s'y trouve des Hiſtoires ſi inſtructives & ſi agréables dans leur briéveté, que j'ai cru qu'on en pourroit compoſer un extrait intéreſſant, & qui ſuffiroit pour nous faire goûter la morale de Sadi, & nous faire entrevoir ſa maniere d'écrire. Pour la bien connoître, il faut le lire tout entier , & peut-être dans l'Original : mais peu de perſonnes l'entreprendront.

Au ſurplus je n'ai point traduit ; j'ai pris avec choix ce que j'ai trouvé de plus heureux, ſoit pour les faits, ſoit pour l'inſtruction, & toujours en abrégeant beaucoup. Telle Hiſtoire qui a trois pages dans Sadi n'en a qu'une demie dans cet extrait ; mais j'ai fait enſorte de ne point effacer le coloris Oriental, qu'autant qu'il pourroit devenir déſagréable pour nous.

Ceux qui voudront juger de mon travail, pourront confulter le texte Latin ; mais comme il eft très-rare, je vais mettre fous les yeux du Lecteur un morceau traduit mot à mot, & en voyant enfuite la manière dont je l'ai accommodé à notre goût, ils concevront à peu près comme j'ai procédé dans le refte de l'Ouvrage. Je chôifis la première Hiftoire :

» On m'a raconté qu'un Roi
» avoit donné ordre qu'on fît
» mourir un Efclave. Ce mal-
» heureux privé de tout efpoir

de

» de salut, se mit à accabler
» le Prince d'injures, dans la
» Langue qu'il sçavoit, selon
» ce qu'on a dit : quiconque
» ne s'embarrasse plus de sa
» vie, dit tout ce qu'il a dans
» l'ame (1). Quand un hom-
» me est au désespoir, sa lan-
» gue devient orgueilleuse,
» comme le chat terrassé égra-
» tigne le chien. Dans le tems
» de l'adversité, lorsqu'il n'y

____

(1) C'est la pensée de Quinault dans Atis.

Qui n'a plus qu'un moment à vivre ;
N'a plus rien à dissimuler.

B

» a plus moyen de fuir, l'on
» saisit avec la main la pointe
» d'un cimeterre aigu. Le Roi
» demandant ce qu'il avoit
» dit, un Courtisan d'un ca-
» ractère doux & humain,
» lui dit : Seigneur, ce mal-
» heureux vient de dire, le
» Paradis est pour ceux qui re-
» priment leur colère & qui
» pardonnent aux hommes.
» C'est par ces paroles, com-
» me avec des voiles, qu'il
» vogue vers le port de votre
» clémence, dans l'espoir d'ê-
» tre délivré. Le Roi enten-
» dant ces paroles, fut tou-

» ché de pitié , & fit grace à
» l'Efclave. Un autre Courti-
» fan, ennemi du premier, dit
» alors : il ne convient pas à
» des gens de notre rang, de
» dire autre chofe que la vé-
» rité devant le Roi. Cet hom-
» me a dit au Prince les plus
» groffierés injures. Le Roi
» irrité lui dit : j'aime mieux
» le menfonge qu'il m'a fait ,
» que la vérité que vous me
» dites ; car il avoit envie de
» faire du bien, & vous de fai-
» re du mal : & nos Sages ont
» dit : un menfonge qui fauve,
» vaut mieux que la vérité qui
» nuit.   B ij

On verra comment cette His-
toire est traitée au commence-
ment de cet extrait.

Le *Gulistan* est précédé d'u-
ne Préface très-étendue, dont
on sera bien aise de voir ici
quelque morceaux, qui m'ont
paru très-éloquens :

» Gloire à l'Etre incompa-
» rable. Lui obéir, c'est s'unir
» à lui. Le louer, c'est méri-
» ter ses bienfaits. L'air que
» nous respirons est à lui. La
» rosée de sa miséricorde s'est
» répandue sur l'Univers. Le
» festin de sa magnificence est
» préparé par tout. Il pardon-

» ne, & une seule faute ne
» souille point devant lui des
» jours vertueux. O Dieu bien-
» faisant ! Toi qui donnes la
» vie aux Idolâtres & aux Ado-
» rateurs d'un feu, pourrois-tu
» abandonner tes Serviteurs ?
» Il a dit aux vents du Prin-
» tems d'étendre sur les plai-
» nes un tapis d'émeraudes.
» Il a commandé aux nuées
» nourricières, de faire croître
» les herbes dans leur berceau
» terrestre. Il a couvert les ar-
» bres d'une robe de verdure
» & d'un vêtement de feuilla-
» ges, & au tems de l'équi-

» quinoxe, il a mis sur leurs
» branches des couronnes de
» fleurs. C'est lui qui tire du
» suc de la rose un miel déli-
» cieux, & qui de la plus foï-
» ble tige forme un superbe
» palmier......

   » Si le nom de Sadi est cé-
» lèbre, si ses Ouvrages sont
» aussi précieux que les pré-
» sens du Prince, ce n'est pas
» à lui-même qu'il faut en at-
» tribuer la gloire, c'est au suc-
» cesseur de Salomon, au plus
» grand des Rois, au respec-
» table Abubecre, qui m'a re-
» gardé d'un œil de bonté...

» Etant dans le bain avec ma
» bien aimée ,. elle me donna
» de la terre odoriférante, &
» je dis à cette terre : es-tu
» de l'ambre ? Es-tu un par-
» fum d'Arabie ? Ton odeur
» enyvre mes fens. Elle répon-
» dit : je ne fuis qu'une ma-
» tière vile , mais j'ai eu com-
» merce avec la rofe, & je me
» fuis remplie de fa vertu. . . .

   » Un de mes amis vint me
» voir dans ma retraite. Il me
» mena dans fes jardins , &
» comme j'étois fur le point
» de le quitter , il me donna
» quantité de fleurs , dont il

» remplit ma robe, & je lui
» dis alors : ce soir ces fleurs
» n'auront plus aucun éclat.
» Je veux vous en donner dont
» la beauté soit durable, &
» de toutes les saisons, & je
» composai ce livre.... Il vi-
» vra long-tems, & quand la
» terre aura corrompu les res-
» tes de mon corps, on nom-
» mera Sadi & le monument
» qu'il laisse après lui. «

Ce Poëte vécut pauvre. Il
nous dit lui-même qu'il n'a
subsisté que des bienfaits des
Grands, & il exalte souvent
leur libéralité. Ce qui peut

faire

faire voir qu'en ce temps comme dans le nôtre, la pauvreté
étoit souvent compagne du
mérite, & qu'on pouvoit dire
alors des Muses, ce qu'en a
dit de nos jours un homme de
beaucoup d'esprit :

Familières Beautés, complaisantes Venus,
Qu'enferme l'Indigence au Serail de Plu-
tus.

Sadi vêcut plus d'un siécle.
Cette carrière paroît longue,
mais il seroit à souhaiter que
le Ciel en accordât une plus
longue encore à ceux qui sont
nés pour éclairer les hommes.

C

P. S. Nous avons une Traduction Françoise du premier
Chapitre du *Gulistan.* L'Auteur (M. Galland) y a joint
une quantité de passages tirés
des autres Ouvrages de Sadi.
On y trouve quelques traits de
ressemblance avec plusieurs
morceaux de cet extrait. Le
reste est très-différent.

TRADITIONS
ORIENTALES,
OU
LA MORALE
DE SADI,
CELEBRE POETE PERSAN.

PREMIER TRAIT D'HISTOIRE.
L'Heureux Esclave.

U N Prince avoit ordonné qu'on fît mourir un Esclave. Ce malheureux au désespoir, vomit contre lui des imprécations dans une Langue étrangeres. Le Roi demanda ce qu'il difoit. Un Courtifan répondit : Seigneur, cet Infortuné a dit : le Paradis eft pour ceux qui pardonnent. Le Roi touché de ces paroles, fit grace à l'Efclave. Un autre Courtifan ennemi du premier, lui dit : il n'eft pas permis de déguifer la vérité devant fon Souverain. Cet homme vient d'outrager le Roi. J'aime mieux, dit le Monarque, le menfonge qu'il m'a fait, que la vérité que vous me dites ; & il le chaffa de fa préfence.

Faites du bien & vous ferez immortel. Il y a bien des années que le grand Noushirvan eft mort. Ses bienfaits font encore chérir fa mémoire. Repandez les vôtres fur les hommes, avant qu'on dife de vous, il n'eft plus.

II. TRAIT.

La Vertu triomphante des Vices.

UN Roi avoit un fils très-difforme, il le haïssoit. Il aimoit au contraire ses autres enfans, qui étoient très-beaux. Son fils lui dit un jour : La montagne de Sion est la plus petite de toutes, & la plus chere à Dieu. La guerre s'éleva. L'Armée du Roi, commandée par ses enfans, alloit être mise en déroute. Le jeune Prince qui avoit en bravoure tout ce qui lui manquoit en beauté, dit à ses amis : allons ; en combattant, nous ne risquons que nos jours, en fuyant nous exposons l'Armée & le Royaume. Il marche à l'ennemi, & revient vainqueur. Son pere reconnut sa faute, l'embraffa, & le déclara son héritier. Ses freres jaloux & irrités tenterent de l'empoisonner. Il découvrit leurs complots, & leur dit : qu'esperiez-vous de ma mort? Si l'Aigle n'existoit pas, seroit-ce le Hibou qui regneroit sur les oiseaux? Le Roi instruit de leur crime, les condamna à mourir, & dit à leur frere qui demandoit leur grace : dix pauvres dorment sur le même fumier, & deux Rois ne peuvent être assis sur le même trône.

III. TRAIT.

La Pitié mal placée.

ON alloit mener à la mort quelques brigands, pris dans les montagnes de l'Arabie. Il y en avoit un très-jeune, dont l'âge & les plaintes toucherent un Courtisan, qui conjura le Roi de lui laisser la vie. Je le veux bien, dit le Prince, mais souvenez-vous qu'on ne fait point un bon cimeterre avec du mauvais fer. Quelque tems après, ce jeune homme que le Courtisan avoit pris à son service, le tua, lui enleva une partie de ses biens & s'enfuit dans un désert. Le Roi dit alors : je reconnois la vérité de ce qu'ont dit nos Sages, qu'il est aussi condamnable de faire du bien aux méchans, que de faire du mal aux bons.

IV. TRAIT.

Le Favori mécontent.

LE Favori d'un Roi avoit beaucoup de mérite & beaucoup d'ennemis. Il se plaignit un jour à son Maître des dégouts qu'il essuyoit, & lui demanda la permission de se retirer de la Cour. Le Roi lui dit : l'œil de la chauve-souris n'apperçoit point l'éclat du Soleil, cependant il ne cesse point d'éclairer le Monde. Demeurez.

V. TRAIT.

Peur guérie par une plus grande.

UN enfant étoit dans le vaiſſeau d'un Roi, & la vue des flots l'effrayoit au point, qu'il jettoit de grands cris. On voulut l'appaiſer par des careſſes, mais ce fut inutilement. Un Sage promit qu'il le feroit taire, s'il lui étoit permis de s'y prendre comme il le voudroit. Le Prince y conſentit. Le Sage prit l'enfant, le jetta dans la mer & l'en fit retirer ſur le champ. L'enfant courut auſſi-tôt dans un coin du vaiſ-ſeau, & s'y tint dans le plus grand ſilence. Le Sage dit alors au Roi : un grand péril en fait oublier un moindre cet enfant craignoit le vaiſſeau, actu

lement il s'y trouve mieux que dans le
fond de la Mer.

VI. TRAIT.

Rien ne confole de la mort.

UN Monarque étoit au lit de la mort.
Un Courier entra, & lui dit : Seigneur, nous avons pris une Ville fur
les ennemis. Allez, lui dit le Prince,
l'annoncer à mon héritier, & dites-
lui que la prife de cent Villes ne confole pas un Roi à fes derniers momens
autant que le fouvenir d'une bonne
action.

VII. TRAIT.

Les vœux sinceres.

Hoskah, fils de Joseph, Roi de Perse, dit un jour à un Religieux de Bagdad, célèbre par sa piété, fais des vœux au Ciel pour moi. Le Religieux éleva la voix & dit : O Dieu ! faites mourir ce méchant homme. Que demandes-tu au Ciel? dit le Prince, ton bien & celui de tes Sujets, repliqua le Religieux. Tu ne vis que pour faire du mal, ne vaut-il pas mieux que tu ne sois pas ?

VIII TRAIT.

Réponse hardie d'un Religieux à son Roi.

UN autre Roi, connu par sa méchanceté, demandoit à un Religieux quel étoit l'acte de piété le plus agréable à Dieu. Pour toi, répondit le Religieux, c'est de dormir la moitié du jour, tu feras la moitié moins de mal.

IX. TRAIT.

Le mauvais Pauvre.

UN Prince sortant d'un repas délicieux au milieu de la nuit, se mit aux fenêtres de son Palais, & chanta des paroles dont le sens étoit : ce moment est bien doux pour moi, & la crainte de l'avenir ne l'empoisonne pas. Un Pauvre qui étoit couché près des barrieres du palais, dit tout haut : O! vous qui n'avez aucune inquiétude pour vous-même, n'avez-vous aucun souci du malheur des autres? Le Roi fut émut de ce discours, & lui tendant une bourse, lui cria, déploye ta robe, & reçois cet argent ; comment la déployerois-je, dit le pauvre, je n'en ai point. Le Roi lui envoya la bourse avec des vêtemens. Quelques jours après cet homme ayant dépensé follement tout ce qu'il avoit reçu du Prince, se présenta devant lui, & lui dit : je n'ai point de pain. Le Roi irrité le fit chasser de sa présence. Un Courtisan lui dit : Seigneur, cet homme ne connoît pas le prix de l'argent. Faites lui donner du pain. Vous n'êtes pas tenu d'enrichir vos Sujets, mais vous devez les nourrir.

X. TRAIT.

Le danger d'être ambitieux.

UN de mes amis vint me dire un jour, je suis pauvre. La Fortune habite, dit-on, dans le Palais des Rois, faites moi obtenir une charge à la Cour. Je lui répondis : il y a des richesses infinies dans le sein de la Mer, mais on ne trouve son salut que sur le rivage ; il est dangereux d'approcher des Rois, aujourd'hui ils vous combleront de présens pour leur avoir dit des vérités dures, demain ils vous feront couper

la tête pour leur avoir dit bon jour.
Croyez-moi, soyez content de votre
état. Il me preſſa davantage. Je me
rendis, & lui procurai l'emploi qu'il
déſiroit. Il eut le bonheur de plaire
au Prince, & devint ſon favori. Lorſqu'il paſſoit, on diſoit : voilà l'heureux
Badur. Je fis vers ce tems un voyage
à la Mecque. Comme j'en revenois,
je rencontrai ſur le chemin un Religieux, que je reconnus pour Badur.
Je lui demandai ce qui l'avoit réduit
en cet état. Vous m'aviez prédit juſte,
me répondit-il ; j'ai perdu la faveur
du Roi, l'on m'a dépouillé des biens
que j'avois acquis, & même de mon
patrimoine. Je tournai mes regards
vers la Mecque, & je m'écriai : ô Dieu!
préſerve-moi de l'ambition, & je m'é-
loignai de lui

XI. TRAIT.

Belle équité dans un Roi.

LE Grand Noushirvan étant à la chasse, fit préparer un repas du gibier qu'il avoit pris. Comme le sel lui manquoit, il en envoya chercher à un Village voisin, & ordonna qu'on le payât, en disant : si le Souverain prend une pomme dans le Jardin de son Sujet, ses Esclaves dépouilleront l'arbre.

XII. TRAIT.

XII. TRAIT.

Vengeance d'un Religieux contre un Soldat.

UN Soldat brutal blessa un Religieux d'un coup de pierre. Celui-ci la prit & la garda. Quelques années après le Prince fit mettre ce Soldat en prison. Le Religieux y vint, & lui lança la pierre à la tête. Qui es-tu, dit le Soldat, & pourquoi me frappes-tu? C'est moi, répondit le Religieux que tu blessas autrefois avec cette pierre. Je redoutois alors tes armes, & je ne pus me venger. Je le fais aujourd'hui. Souviens-toi qu'il ne faut point opprimer le foible, parce qu'il vient un temps où le foible met le pied sur la tête de l'homme puissant.

XII. TRAIT.

Un enfant échappé à la mort.

UN Prince étoit dangereusement malade. Les Médecins lui dirent qu'ils ne connoissoient d'autre reméde à son mal, que de se baigner dans le sang d'un enfant. On en trouva un dont les parens vendirent pour de l'or les jours de leur fils. Les Prêtres déclarerent qu'il étoit permis de le tuer pour sauver le Roi. Comme on alloit lui porter le coup mortel, il se mit à rire. Le Roi surpris lui demanda ce qui pouvoit le faire rire dans un pareil moment. L'enfant répartit : je ris de la singularité de mon sort. Trois choses mettent nos jours en sûreté, nos Parens, la Religion & notre Roi. Mes Parens m'ont abandonné, la Religion me condamne à mourir, & mon Roi ne peut vivre qu'au dépens de mes jours. Mon deſtin me ſemble rare. Le Roi fut frappé de ce diſcours, & dit : l'innocent ne périra point pour que je vive. Je me ſouviens de ce qu'ont dit nos Sages, que la fourmi ſous le pied d'un homme, étoit comme un homme ſous le pied d'un éléphant. Il ordonna que l'enfant fût épargné, & quelques temps après il guérit.

XIV. TRAIT.

Le Courtiſan puni.

UN Eſclave d'un Roi de Perſe prit la fuite & fut arrêté. Un Courtiſan exhortoit le Roi à le faire périr. Cet Efclave fe jetta aux genoux du Prince & lui dit : Seigneur, j'ai été élevé dans votre maifon, & fi vous répandiez mon fang pour une caufe légere, vous en feriez puni au dernier jour. Permettez-moi de tuer cet homme qui me hait, & faites-moi mourir enfuite, ma mort fera légitime. Le Roi regarda le Courtifan d'un œil févere, & lui dit : celui qui tend fon arc pour lancer des fléches, ne peut en même temps fe couvrir de fon bouclier, & s'expofe d'être percé, & il pardonna à l'Efclave.

XV. TRAIT.

L'Ecolier puni de sa témérité.

UN Athlète fameux avoit enseigné à un jeune homme qu'il aimoit, tous les mouvemens de la lute, hors un seul. Ce jeune homme enorgueilli défia son Maître en présence du Roi & de sa Cour. Ils descendirent dans l'arène. L'Athlète prit son jeune adversaire par les pieds, l'éleva sur sa tête, & de cette hauteur le renversa par terre. Le Disciple outré de dépit, s'écria : Je suis égal en force & en adresse à mon Maître, & c'est par jalousie qu'il m'a caché le tour quil vient de faire. L'Athlète répartit, j'avois bien prévu ce qui est arrivé, & j'ai profité du conseil de nos Sages, qui ont dit, ne donnez point à votre ami assez de force pour vous abattre, s'il devient votre ennemi.

XVI. TRAIT.

Belle repartie d'un Religieux.

UN Roi passa devant la cabane d'un Religieux, qui ne parut pas l'appercevoir. Quoi ! lui dit un Courtisan, le Roi passe devant vous, & vous ne vous courbez pas ! Le Religieux répondit : je n'attends aucune grace de lui : pourquoi attendroit-il des soumissions de moi ? Le Roi s'approcha & lui dit, donne moi un bon conseil ? Le Religieux dit : Souviens-toi que le

Pasteur est pour le Troupeau, & non
pas le Troupeau pour le Pasteur.

XVII. TRAIT.

Effet de la politique.

NOushirvan délibéroit avec se
Courtisans sur une affaire importante,
chacun disoit son avis, & le Roi comme les autres. Le sage Bazarg Mihir,
son favori, n'eut point d'autres avis que
le sien. On lui en demanda la cause,
il répondit : les évenemens sont incer-
tains, soit que les projets du Roi réus-
sissent, soit qu'ils échouent, je suis à
l'abri de sa colere. J'ai pensé comme lui.

Si un Roi disoit à midi qu'il fait
nuit, il faudroit dire, voilà la Lune &
voilà les Etoiles.

XVIII. TRAIT.

Il vaut mieux quelquefois pardonner que de punir.

VEngez-moi, difoit à l'Empereur Aaron, Tachile le plus jeune de fes fils, le Gouverneur de Bagdat a dit du mal de ma mere en ma préfence. Le Calif affembla fon Confeil pour délibérer fur le fupplice que le Gouverneur méritoit. Les uns opinoient à l'exil, les autres à la prifon, plufieurs à la mort; & moi dit alors Aaron, je fuis Empereur, & je lui pardonne. Toi, mon fils, fi tu veux te venger, vas le trouver, & dis de fa mere tout ce qu'il a dit de la tienne, mais prend garde d'en dire plus, car tu ferois injufte & je rougirois.

XIX

XIX. TRAIT.

Un bienfait n'eſt jamais perdu.

J'Etois ſur un vaiſſeau avec un Grand & ſes deux fils ; une lame d'eau les couvrit & les emporta. Il promit cent deniers à un Matelot, s'il les ſauvoit. Celui-ci s'élance dans les flots, mais tandis qu'il retiroit le plus jeune, l'aîné périt. Je lui dis alors : la fatalité a tout fait ici ; car pourquoi avez-vous été à l'un plutôt qu'à l'autre ? Cela paroît vraiſemblable, me dit-il, cependant ce n'eſt pas le haſard qui a fixé mon choix. Le cadet me trouva un jour dans un déſert, las & abandonné ; il me mit ſur un chameau, & me mena dans une Hôtellerie ; l'autre me fit

battre de verges dans mon enfance,
je m'en suis souvenu aujourd'hui.

XX. TRAIT.
(beau.)
Les deux Freres.

DE deux freres, l'un étoit Esclave
chez le Roi, & l'autre travailloit pour
vivre. Le premier étoit riche, & le second pauvre. Celui-là disoit à l'autre,
que ne sers-tu chez le Prince, pour
être exempt de travailler ? Celui-ci
répondoit, que ne travailles-tu pour
être exempt de servir ?

Les Sages ont dit : il vaut mieux être
assis avec des haillons, qu'être de bout
devant son Maître avec une ceinture
d'or. Quand le ventre ne se contente
pas de pain, le dos se courbe pour la
servitude.

XXI. TRAIT.

VOtre ennemi eſt mort, diſoit-on
à Noushirvan ; il répondit : & moi,
ſuis-je immortel ?

Le Voleur & le Religieux.

Un Voleur entra dans la cabanne
d'un Religieux ; & n'y trouva rien. Il
s'en alloit conſterné. Le Religieux qui
n'étoit pas loin l'apperçut, & jetta ſon
manteau ſur le chemin. On lui en demanda la raiſon. Je ne veux pas, dit-
il, qu'il s'en aille de mauvaiſe hu-
meur.

XXII. TRAIT.

Le Religieux à la table d'un Prince.

UN Religieux fut invité à la table d'un Prince. Il pria longtems & mangea très-peu. De retour chez lui, il dit à son fils de lui servir à dîner. Ce jeune homme, qui avoit de l'esprit, lui dit, n'avez-vous pas assez mangé chez le Roi? Non, répondit-il, il falloit paroître sobre. Eh bien! dit le fils, recommencez donc vos prieres, & que celles-ci soient pour Dieu; les autres étoient pour les hommes.

XXIII. TRAIT.

(un des plus beaux du recueil.)

Orgueil de Sadi.

JE me souviens qu'étant très-jeune encore, je lisois un soir le saint Alcoran au milieu de ma famille. Mes freres s'endormirent, & je dis à mon pere : regardez-les ? Ils dorment, & je prie. Mon pere m'embrassa tendrement, & me dit : ô ! mon cher Sadi ! ne vaudroit-il pas mieux que tu dormisses aussi, que d'être si vain de ce que tu fais ?

XXIV. TRAIT.

Le véritable ami.

UN homme avoit un ami, qui fut tout à coup élevé à une grande place. Tout le monde alloit faire compliment à son ami. Il n'y alla point. Comme on en paroissoit surpris, il dit : la foule va chez lui à cause de sa dignité ; moi, j'irai quand il ne l'aura plus, & je crois que j'irai seul.

XXV. TRAIT.

Songe singulier.

UN Musulman vit en songe un Roi dans le Paradis, & un Religieux dans

l'Enfer. Il demanda la raison d'un
sort si différent. On lui répondit : ce
Roi fréquentoit les Religieux, & ce
Religieux fréquentoit les Rois.

XXVI. TRAIT.

La juste punition.

UN Prince invita un Religieux à
venir à sa Cour, & le Religieux se
disoit à part lui, je vais prendre des
médicamens, & j'aurai le visage pâle
& défait, & je serai honoré comme
un saint. Il cueillit des herbes médi-
cinales ; mais le hasard voulut qu'il en
rencontrât qui étoient empoisonnées.
Il en mangea, & il mourut.

XXVII. TRAIT.

Cause singuliere d'un mauvais ménage.

J'Etois Esclave des François dans Tripoli. Un de mes anciens ami me reconnut & me racheta pour dix pièces d'or, & me donna sa fille en mariage avec une dote de cent sequins. Cette fille étoit d'un mauvais caractere, & me causoit des chagrins continuels. Comme je m'en plaignois, elle me dit un jour : n'es-tu pas celui que mon pere a racheté pour dix pieces d'or ? Oui, lui dis-je, mais il m'a vendu à toi pour cent sequins.

XXVIII. TRAIT.

L'Esclave ingénieux.

UN Roi étant malade, avoit fait vœu, s'il guérissoit, de distribuer de l'argent aux Religieux. Il guérit, & donna à un Esclave une bourse pleine d'or, pour en faire l'usage qu'il avoit promis. L'Esclave revint avec la bourse pleine, & dit qu'il n'avoit point trouvé de Religieux. Comment, dit le Prince, il y en a plus de quatre cens dans la Ville. Il est vrai, dit l'Esclave, qu'ils en portent l'habit ; mais je leur ai offert de l'or à tous, & aucun ne l'a refusé. J'ai conclu qu'ils n'étoient pas Religieux.

XXIX. TRAIT.

L'aveugle heureux.

UN Magistrat avoit une fille très-laide, & quoiqu'elle eût une dote fort riche, personne ne vouloit l'épouser. Enfin il la maria à un aveugle. Un fameux Médecin vint dans le Pays, & lui proposa de rendre la vue à son gendre. Non vraiment, dit-il, il répudieroit ma fille.

XXX. TRAIT.

Approche de la fable du Coq.

Les richesses inutiles.

UN Arabe étoit couché au milieu des déserts, expirant de faim & de laffitude. Il apperçut un fac & s'en faifit avidement, croyant qu'il pouvoit renfermer quelque nourriture. Il n'y trouva que des perles. Alors il s'écria : le Ciel veut me rendre la mort plus amere ; il me fait mourir au milieu de richeffes qui me font inutiles.

XXXI. TRAIT.

Bon mot d'un Sage.

ON demandoit devant un Sage, fi la force étoit préférable à la libéralité. Il décida pour la derniere, en difant : celui qui eft libéral n'a pas befoin de force, & une main pleine d'or vaut mieux qu'un bras robufte.

XXXII. TRAIT.

Qui regarde plus indigent que ~~fait~~ se trouve heureux.

J'Avois les pieds nuds, & je manquois d'argent pour acheter une chauffure. J'entrai dans une mosquée & je pleurais. J'apperçus un Mendiant qui avoit les deux jambes coupées. Je levai les yeux au Ciel, & je louai Dieu.

XXXIII. TRAIT.

Celui qui s'abbaisse est elevé.

UN Roi ayant chassé tout le jour, se trouva au milieu d'une Forêt, la nuit étant déjà avancée, & le temps très-mauvais. Il apperçut une cabane & voulut y entrer. Deux Courtisans qui l'avoient suivi l'en détournoient, & trouvoient cette retraite indigne de lui. Celui qui habitoit cette cabane s'avança, & s'étant prosterné, dit au Prince : Seigneur, si vous daignez entrer chez moi, vous ne dégraderez point Votre Majesté, & vous releverez la bassesse de votre Esclave. Le Roi entra & le combla de présens.

XXXIV. TRAIT.

Le vrai sçavant.

UN Sçavant se trouva parmi des personnes lettrées, qui disputoient sur plusieurs articles. Il gardoit le silence. Quelqu'un lui dit, que ne décidez-vous, vous qui connoissez à fond ces matiéres? Il se pourroit qu'ils me demandassent ensuite des choses que j'ignore, & j'aurois la honte de ne pouvoir répondre.

XXXV. TRAIT.

A telle Demande telle Réponse.

HUssein étoit le Favori & le Confident de Mahmud. Un jour quelques Courtisans lui dirent: qu'y-a-t-il de nouveau, & que vous a dit le Roi aujourd'hui; car il ne se fie qu'à vous? Pourquoi donc, leur dit-il, me demandez-vous ses secrets?

XXXVI. TRAIT.

Rien n'est plutôt oublié que la mort.

UN homme avoit une femme très-belle ; elle mourut, & par une condition du testament, il se trouva obligé de nourrir & de garder chez lui sa belle-mere, qui étoit décrépite, grondeuse & acariâtre. Un de ses amis lui demanda comment il se trouvoit de ne plus voir sa femme ; pas si mal, répondit-il, que de voir encore sa mere.

XXXVII. TRAIT.

Le Juif indiscret.

J'Etois incertain si j'acheterois une maison que l'on m'avoit proposée. Un Juif me dit : vous pouvez faire cette acquisition sans rien craindre. Cette maison est très-belle & très-commode. Il y a trente ans que j'en suis voisin. C'est pour cela, lui dis-je, que je ne l'acheterai pas.

XXXVIII.

XXXVIII. TRAIT.

Les Amans malheureux.

DEux Amans étoient portés sur le même vaisseau. La tempête s'éleva, le navire fut abîmé, & le jeune homme crioit du milieu des flots : *Sauvez ma Maîtresse*, & sa Maîtresse étoit emportée loin de lui par les vagues, & lui tendoit les bras, & les flots l'ensevelirent, comme il crioit encore : *Sauvez ma Maîtresse.* Amans, voulez-vous sçavoir comme on aime ? C'est le Poëte Sadi qui vous l'apprendra ; c'est moi qui connois l'amour, comme l'Habitant de Bagdat connoît le langage Arabe. Si Leilé & Megnoun (1) revivoient, c'est de moi qu'ils apprendroient à aimer.

XXXIX TRAIT.

La force inutile.

UN Athlète dit à son pere, je vais voyager, & j'amasserai des richesses par la force de mon bras. Son pere lui répondit : mon fils, pour voyager heureusement, il faut être ou Marchand, & l'or ne vous manque point, ou Sage & chacun s'empresse de vous servir, ou chanteur habile, & l'on vous comble de présens, ou Artiste, & vous êtes utile par tout. Tu n'es rien de tout cela, ne quitte point ton pays.

(1) Amans fameux dans l'Orient.

L'Athlète répliqua, je suis assez fort pour combattre un Eléphant ou un Lyon. Avec cette qualité, je dois être confideré par tout. Il partit. Comme il alloit s'embarquer, le Maître du vaiffeau lui en refufa l'entrée, s'il ne lui payoit le prix du paffage. L'Athlète le faifit, & le jetta dans la mer. Un autre fe préfente, il le traite de même. On fut trop heureux de les fauver, & de le prendre fur le vaiffeau. Ils arrivent près d'une colomne élevée par les Grecs au milieu des flots. Le Pilote dit alors : le navire fait eau, & nous fommes perdus, fi le plus fort d'entre nous ne monte à la colomne & n'y attache un cable qui affure le vaiffeau, tandis que nous le réparerons. L'Athlète ne balance pas, & à l'aide d'une planche approche de la colomne &

l'entourre d'un cable dont il avoit
enveloppé son bras. Pendant ce temps
le Pilote fait couper le cordage ; le vaiffeau vogue & l'Athlète demeure fuf-
pendu. Il refta dans cette affreufe fi-
tuation pendant deux jours. Enfin s'é-
tant endormi de laffitude, il tomba
dans la Mer, & après avoir nagé un
jour entier, il atteignit le rivage. Quelques racines lui fervirent, de nourriture & rétablirent fes forces. Il avoit
foif. Il s'avança pour découvrir une
fource. Il vit beaucoup de monde au-
tour d'un puits, dont l'eau fe vendoit
une piéce d'argent par mefure. Il voulut en avoir par force, & terraffa plufieurs hommes ; mais le nombre l'ac-
cabla, & il fut très-maltraité. Enfin
il joignit une caravanne, & la fuivit.
On fe trouva près d'un bois qu'on

difoit rempli de brigands. L'on trem-
bloit. Ne craignez rien, dit l'Athlète,
feul j'en vaux trente, & je vous dé-
fendrai. Charmés de fa réfolution &
de fes promeffes, les voyageurs lui
fourniffent des provifions en abon-
dance. Il mange & boit avec excès, &
s'endort. Cependant un vieillard de la
caravanne dit à fes compagnons : vous
vous fiez à cet homme ; pour moi, je
le crains plus que les brigands dont on
parle. Que fçavons-nous, s'il n'a pas
deffein d'abufer de fa force pour nous
voler ? On le crut, & tandis que l'Athlète dormoit, on partit. Il fe trouva
feul à fon reveil, il erra quelque temps,
s'affit enfin excédé de befoin & de fa-
tigue, & pleura. Un Prince qui chaf-
foit paffa près de lui, & touché de
fes plaintes, s'informa qui il étoit,

en eut pitié, & lui fournit tout ce qu'il falloit pour retourner chez lui. Il embraſſa ſon pere en pleurant, & lui dit : vous aviez bien raiſon de me dire que l'indigence étoit foible, & que le bras du pauvre étoit toujours lié.

XL. TRAIT.

Le parfait Amant.

ON parloit à un Roi Arabe des amours de <u>Leilé</u> & de <u>Megnoun</u>. Il fut curieux de voir cet amant, & lui demanda s'il étoit vrai qu'il aimât ſi éperdûment ſa Maîtreſſe. Cèlui-ci lui dit, il faut la voir, pour comprendre à quel point je l'aime. On la fit venir, & l'on vit une femme maigre & laide.

Comment, dit le Roi, voilà l'objet de tant d'ardeur, la derniere Esclave de mon Serrail est plus jolie que cette femme. Eh! bien, dit Megnoun, jugez si je l'aime, puisqu'elle est aussi belle à mes yeux, qu'elle est laide aux vôtres.

XLI. TRAIT.

Sages reparties.

UN homme vouloit absolument apprendre à parler à un âne. Un Sage lui dit : cet âne devroit bien vous aprendre à vous taire.

On demandoit à Muhammed, comment'il étoit devenu si sçavant. Je n'ai pas rougi, dit-il, de demander ce que j'ignorois.

XLII. TRAIT.

L'Avare n'est jamais tranquille.

JE me trouvais logé avec un Marchand très-riche & très-vieux, & si avare que s'il avoit eu le Soleil en sa disposition, le monde n'eût pas vu la lumiere jusqu'au jour du jugement. Je lui demandai s'il avoit vu beaucoup de Pays. Oui, me dit-il, & je compte me reposer bientôt. Je n'ai plus que quelques petits voyages à faire. J'irai dans la Chine porter du soufre des Parthes, qu'on y vend très - cher. Je rapporterai des porcelaines dans la Grece, des étoffes Grecques dans l'Inde, de l'airain des Indes à Alep, du verre d'Alep dans l'Arabie

des toiles d'Arabie dans la Perſe, &
je me repoſerai. Qu'en penſez-vous?
Je ne crois pas, lui dis-je, que vous
alliez ſi loin pour vous repoſer.

XLIII. TRAIT.

Le Médecin véridique.

UN Roi de Perſe envoya au Calife
Muſtapha un Médecin fameux, qui
demanda en arrivant comment on vi-
voit à ſa Cour. On lui répondit : on
ne mange que lorſqu'on a faim, & on
ne la ſatisfait pas entierement. Je me
retire, dit-il, je n'ai que faire ici.

XLIV. TRAIT.

Les Enfans sont souvent ingrats.

DAns le cours de mes voyages je logeai chez un bon vieillard d'une Ville de Mésopotamie. Il me dît un jour en me montrant son fils : je n'ai que cet enfant, & Dieu sçait que de vœux il m'a coûté. Il y a dans une vallée voisine un arbre consacré, près duquel j'allois tous les jours demander à Dieu qu'il me donnât un fils. J'entendis en même temps ce fils qui disoit à l'oreille à un de ses camarades : je voudrois sçavoir où est cet arbre, j'irois y prier le Ciel qu'il me délivre de mon pere. Je me couvris le vilage de mon manteau, & je sortis sur le champ de cette maison.

XLV. TRAIT.

Belle & sage Réponse d'un Philosophe.

ON disoit à un Sage : Si quelqu'un se trouvoit seul avec une belle femme, les portes fermées, les surveillans & les rivaux endormis, & le désir importun faisant sentir son aiguillon, croyez-vous qu'il y pût résister ? Cela se pourroit, répondit-il ; mais à coup sûr on ne le croiroit pas.

Il est plus facile d'échapper à la tentation qu'à la calomnie.

XLVI. TRAIT.

Le Corbeau & le Perroquet.

UN Perroquet & un Corbeau se trouvoient enfermés dans une même cage, & l'un se disoit : comment a-t-on pû me mettre avec ce Corbeau ? Et l'autre, comment a-t-on pû me mettre avec ce Perroquet ?

Le Religieux & les Malfaiteurs.

Un Religieux se trouvant dans une compagnie de malfaiteurs, l'un d'eux lui dit : ne vous avisez pas de vous plaindre ; car vous nous êtes à charge tout autant que nous pouvons vous l'être.

XLVII. TRAIT.

Le Fils dénaturé.

IL m'arriva dans un emportement de jeune homme de parler à ma mere avec une fierté insultante. Elle fut contristée, alla s'asseoir dans un coin, & des larmes tomboient sur ses joues. Je m'approchai d'elle, & elle me dit : Toi qui es aujourd'hui si grand avec moi, ne te souvient-il plus combien je t'ai vu petit?

XLVIII. TRAIT.

L'Avare & son Fils.

LE Fils d'un avare étoit dangereusement malade ; & ses amis lui di-

foient qu'il falloit pour fléchir le Ciel,
ou diftribuer des aumônes, ou lire
l'Alcoran auprès de fon fils. Le vieillard
fut de ce dernier avis, & quelqu'un
dit : il a pris ce parti, parce que l'Alcoran eft fur fes lévres, & que fon or
eft dans fes entrailles.

XLIX. TRAIT.

Belle Réponfe d'un vieillard.

ON confeilloit à un vieillard de fe
marier. Il répondit qu'il n'aimoit pas
les vieilles femmes. Et les jeunes ? lui
dit-on. Bon , répliqua-t-il, je fuis
vieux & je ne puis fupporter les
vieilles , comment une jeune me fup-
portera-t-elle ?

L. TRAIT.

Le Malade & le Maréchal.

Un homme incommodé de la vue s'adreſſa à un Médecin de chevaux, qui lui frotta les yeux du même onguent dont il frottoit ceux de ſes animaux. Cet homme devint aveugle. Il alla ſe plaindre au Cadi, qui lui fit cette Réponſe : ce Médecin n'a jamais traité que des chevaux, il vous traite comme ſes malades.

AUTRE.

Un Prince diſoit à un Religieux, ne vous ſouvenez-vous pas quelquefois de moi ? Oui, répondit-il, mais c'eſt quand j'oublie Dieu.

PENSÉES DÉTACHÉES

DE SADI.

PREMIERE.

Dieu nous a donné les richesses pour les besoins de la vie, & ne nous a pas donné la vie pour amasser des richesses.

II.

Ne reprochez point vos bienfaits. Partout où l'arbre de la bienveillance pousse des racines, ses branches s'élevent jusqu'aux nues ; mais le reproche est comme une hache qui abbat l'arbre, & l'on n'en recueille point les fruits.

I I I.

Deux efpeces d'hommes travaillent envain ; celui qui amaffe & ne jouit point, & celui qui apprend & ne pratique point.

I V.

Un Sçavant fans vertu, eft comme un Aveugle qui tient un flambeau. Il éclaire les autres, & il eft lui-même dans les ténèbres.

V.

Les Rois ont plus befoin du confeil des Sages, que les Sages n'ont befoin de la compagnie des Rois.

V I.

Croire qu'une foible ennemi ne peut pas nuire, c'eft croire qu'une étincelle ne peut pas caufer un incendie.

VII.

Engagez votre ennemi à frapper la tête du serpent ; ou le serpent sera tué, ou vous serez défait de votre ennemi.

VIII.

S'il n'y avoit plus d'esprit dans le monde, personne ne croiroit l'avoir perdu.

IX.

L'Ignorant parle plus que le Sage ; comme le Corbeau fait plus de bruit que le Rossignol.

X.

Le Diamant tombé dans un fumier n'en est pas moins précieux, & la poussiere que le vent éleve jusqu'au Ciel, n'en est pas moins vile.

X I.

Les Pauvres ne chantent point après
ſa mort ſ celui dont ils n'ont pas mangé le pain pendant ſa vie. O ! vous qui
êtes porté ſur un cheval rapide, ſon-
gez au Pauvre dont l'âne eſt tombé
dans un bourbier.

X I I.

J'aime mieux un Pécheur qui leve
mains vers le Ciel avec humilité,
qu'un Religieux qui éleve la tête avec
orgueil.

F I N.